巧
合

乐 园

昆鸟 著

上海文艺出版社

有些人认识我,有些人不认识我,有些人听过我的谈话,或听别人谈到我,但他们的双耳并没有对准我的心,而这方寸之心才是真正的我。

——奥古斯丁,《忏悔录》,卷十
商务印书馆,周士良 译

目录

序诗：鞭　　1

马部　彗星泉

缪斯四章　　7
奇迹（一）　　21
新路　　23
星际导游词　　25
收获　　27
神笔良马　　29
告别　　31
轭　　33
五月　　35
狙击手拂晓　　36
乐园　　39
野兔二则　　40

马　　44

风灾　　45

盟约　　46

雨镜　　48

不道德箴言与两支火　　52

另一棵树　　54

秘密（一首歌）　　56

哭泣的缪斯（另一首歌）　　59

听任重远讲起陇海线上的绿皮车　　61

漆园来风（第三首歌）　　62

五月敏感者　　66

龙部　重生符

门徽　　71

革命　　73

梦　　74

上海世界　　76

可携带的海市　　78

龙女（最后一首歌，已经不可唱）　　86

明石　　91

大狗和她的一只鸡　　92

祝福　　95

两座房子　　96

入口——树丛　　100

门枢　　111

任意球　　113

鸟群归来　　116

序诗：鞭

陌生的春天
在我身上
试它的旧毛衣
桌子摆在雨里
手放在桌上
这就接近全部
从少开始
接近匮乏

你薄暮时的院子
白色玉兰满枝通明
而顺着黑色树皮的弱光

人脸带着噪音闪了几次
又借一滴新雨的重力
流向根部

人已经走远,而噪音年轻
采着低小的诉说之蒿
沿一道布满树坑的长岸
把荒绿领进昏冥,暮色
像被初孕的母兔嚼透
又吐在原处
粪便,叶子,泥土

就是在同一道岸上
一只久站的鹤
突然把身体挺直
在双翅抖出的微风中

从它的三角喉咙
甩出一根银色鞭梢
当鞭子开始唱歌
那可要扯动你的手臂

2020.3 — 5.16

马部　彗星泉

缪斯四章

1. 小缪斯

那时我们都从空中回家
带着自喜、梦和财物
但什么都不说
都太安静,看着有点傻
而且已经不那么年轻了
空姐还在走来走去
她呀,这时正在除夕的班机上
给老老少少的乘客发饺子

过道黑乎乎的
因为,路远的人都睡着了
她爱我们,也爱他们
像时间,以同样的爱
让我们睡了又醒,醒了又睡

她大概是个北方人
没什么心眼儿
除了脸,哪儿都瘦得离奇,严肃
多奇怪啊,她那个样子
现在也被我弄丢了

我记得的,只有小时候
曾把一桶全家都用得着的清水
打翻在地,那时的我

到现在，都愣在一座太宽
也太高了的大门前
想把门里的空气
呼吸到门外去

2020.1.20

2. 大缪斯

感谢你,用我尚未疲惫的心
当别人向我描述你的模样
我就紧跟着用这颗心去临摹
画得比他们说得好
可你一定也不想看见我瘸腿的生活
就像我不愿让你的美
落实为一个人,还带有户籍
你必须神秘
只能活在我的猜测里

可无户籍的美也让人担心
它让我想到践踏和犯罪

毁灭多可怕
不是我，就是你
我想的是
一切在我的手中都不变化
我的手，既不抓紧，也不丢弃
我是如此这般的老手
老得像一个突然找来的远房亲戚
认出他的时候，我既愧疚又感激

可我们还是被毁了
你不毁于我，我毁于我不知道的东西
毁灭不必在人，人却是罪的纹理
我的手，正在这纹理上读出声音
你看我，摊着这两只手
像个辩护狂，满嘴都是规矩
是这样的，这两只手

静得完全不像它自己
如果时间够长,摊得够平
它们会原谅我吗?
我是希望这样能改变世界?洗脱罪名?
还是希望,通过装死独占全部秘密?

如果我还有别的手
它会去抚慰原来的
还是拿戒尺打它们?
大缪斯,你是我的教育
而我是一片早已辍学的荆棘
要不是每天焚烧自己三次
我又何必要对你说:
"大缪斯,感谢你。
愿你常常旅行,带好化妆盒
漫无目的,多才多艺

一边吃零食,一边扔垃圾
感谢你,愿所有让你吃惊的事物
越来越便宜。"

2020.2

3. 更大的缪斯

更大的缪斯教育我:
"一不该变成二。"
就像苏格拉底和狄奥提玛
我们是两个永恒的一
因为只有一可以永恒
而二总是危险、善变
二的原罪是有限,主要是庸俗
我和我的女导师
围住一朵无知做成的火焰
我们都爱对方身上的完整
也都明白
只有爱,才带来沉思

而沉思是人的第一个物质
从物质的初夜开始漂流的乐园

"记住,沉思不可传授,"
她说,"沉思只能经历。"
一个我从镜子里出来
回到我自己
我又能看见我的导师了
她坐着
像一株稳定的喷泉
用变动的水护持着自己的形态

她并不看我
也无意撵我走
而在努力地变成无时
我已经变成二

顶着大太阳和街上的后生讲起了道理

那是并不比我更显年轻的一群人
人人手里有一瓶酒
他们什么都听不见
只会重复每年都问的那句话：
"我要的书，你捎来了吗？"
我把剔净的笑投给天空
天空报我以破碎，我成了诗人

2020.5.2 — 5.10

4. Boss 缪斯

毫无疑问,她是重力
是力本身,也是力的形式
不可诋毁的力中女王
而当我说,缪斯是女的
也等于说,人是男的
欲望中的每一句都只能是妄语
于是我意识到
如果真有个沉默的我
也只能出现在两个时刻
一个是临终,一个是望着你

昨天胡说,明天继续

今天,是它们之间过深的喘息
今天,已经是五月的第二天了
今天,比以往多了一层蒙皮
我扶正桌椅,开始呼吸
然后就沉沉地坐在那里
以此,我与这力中女王为伴

入座时又笨手笨脚地弄出了动静
谁又会怪罪我呢?
我从未在各种给予之内装作没有迷路
也从未像今天这样爱自己的沉重
即使我真是一只好胜的鸟
在乱流中逞能,以为那是一次次卓越的奔袭
而今也打着旋儿,在你手里昏迷
重力女神,不要再让人们原谅我
我的羽茎,已经灌满烂泥

让我把最后一次溃败展示给你

我并没有做准备
五月就来了,带着她那只布谷鸟
它的声音又让我像少年时那样惭愧
那时,它的声音和影子
响箭一样遮断我空荡荡的逃学路
在那条路上,我埋伏我自己
直起身时放声大哭,像个魔鬼
为了忘掉你让人羞愧的美
我已经尽量不睡得太深
躲开尽可能多的东西
尽可能不在背后模仿你
女王陛下,我害怕
生怕爱得太抽象,爱的是空虚

可是，我的缪斯
如果你不想让我死，又何必
用那些我以为战胜过的、接种过的武装起自己？
我的缪斯，你不知道你有多美
你的美在反扑，我的缪斯
你是加速前来的、至善的大地
我的路，已经是服从，斋戒，皈依
接住我，我想做你的武器
我已经失去全部敌人，只剩下我自己

2020.5.2 — 5.30

奇迹(一)

一个奇迹已经站在那里
空地上的光明
你不要走,也不要接近
免得她沦入世界

跟紧它,但不要踏足
绕着它走,不要计数
让心去预习
让未知的被牢记

未知的是礼物
礼物是易失的钥匙

钥匙是一样的两把,合起来
是婚饼,也是虎符

你要心明眼亮
一个奇迹已经站在那里
她已经信任了你
别让她沦入世界

2020.5.14 — 6.20

新路

此刻,我走的是一条新路
这是一段两端截断的路
打开在两边的,是我从未见过的新田野
陌生人正在南风中打理新耕的土地
绕着墓碑和大树,杨絮
不知道想走还是想停

对我来说,这是一条太宽的路
因此不是一条去找你的路
我走过扶着锹休息的人们
槐花和柏油的气味也走过我
彼此的眼里,满是陌生人的亲切

而我仍怀揣疑惧,我知道
我正走在一本倒扣的书的书脊上
有时,危险看起来就像舞蹈
有时,舞蹈比道路更像道路
我不知道,写在路基之下的
是故事、箴言,还是谶语

恐怕还需要一些时间,这条死路
才会站满人,才会开放给生活
还有爱,也要以更深刻的方式
被全都说过谎的人们,经历为命运
而此刻,尽头的长墙背后
不倦地放大着的天空底部
正升起一只金箔风筝

2020.5.6

星际导游词

朋友们,我们即将抵达土星
到窗前来,戴好眼镜
你应该能看见他表面的颜色
他是颗不活跃也不成熟的星球
大家看,它的光是不是很奇怪
总是像正被收回去
所以不要沿着他的光线看下去
那会把你拉进他的内心

让我们远远地绕他几周
如果大家觉得值得
就走得慢慢的

那样,幸运的话

就能听见他的歌声

和他的光一样

他的歌声,仿佛也是

从你开始,从你离去

只有关于他的迷信和困意

向你伸来真实的根须

而他的迷恋和幻想

也一遍遍地,穿过乌有

把必要的知识映入我们昏沉的注视

2020.5.6—5.7

收获

当歪嘴老人
制止了他的鹌鹑
麦收前的大路上
走过一个个驼背少年

看哪,他们的绿嘴唇
是多透明、多强烈的一群翅膀
也请看,那自我攀登的、初夏的神
向我们洒来怎样的风雨
你又怎么能够区分野林里的树
是哪一棵倒向了哪一棵

在颤抖着暗下来的天色下
吊死鬼在他熟悉的墙角尿尿
歪嘴老人在窗外望你
你快死了,鹌鹑站在你嘴上
但其中也有了收获
一朵正在失去紫色的蒲公英

2020.5.6

神笔良马

明亮起来吧
下降的新雾
看着我,出鞘的彼岸
展开吧,致命的场地
你不本就如此空旷?

我早该知道可以投奔你
从最后那棵年轻的树开始
修长一条没有秘密的道路
让那穿透你的做你的勇气
让她的名字成全你的赤裸

这样,你就能真实地醒着
真实地追赶她涌涨的彗尾

2020.5.6—5.10

告别

又一次,把告别弄得如此狼藉
看起来已经不用收拾
从碗里那些吃剩的油花上
正好可以认识自己
只要一弯腰
就能看见底部的淤泥

这脸,看着比实际要胖
像一只背面受压的柿子
再用点力
就能整个地翻过去
更乏味,也更不洁

人格的泥泞、种子的死相
极乐之桌，搁浅在你离去的黄昏

还有什么轻便的方式
把自己搭救出来？
莫非是，让以后的生命在上面
尽情地打滑，直到那个样子
看起来像一种自由
站不住脚，跑不出去？

2020.5.7 — 6.20

轭

爱解决不了的
我们就交给笑
又挑衅说:"看吧,你憋不住。"
但不要想象牺牲
那是最没资格的一位

在牺牲那里,有座独木桥
两端各站一个假冒的老人
他们,都怕对方手里的轭
也怕它,不小心吓着了彼此
而那两只轭,又充满了鼓励

但是没机会了
没机会去比较它们的重量了
就这么站着吧
和桥一起站到汛期

2020.5

五月

五月,你多奇怪?
搬弄预感的小鞘翅
成群结队的小鞘翅
跟着风往前飞
你可以高,可以低
可以冲锋,可以回来

2020.5.17

狙击手拂晓

一整夜,还没眨过眼
也未发一枪
但目标在瞄准镜里
已经越来越清晰
也越来越大,越来越不可知
我能打中他鼻翼上
开始蜕变的蜉蝣
可现在,我越来越迷惑
能不能打中他
因为我不知道那是什么
它已经变成巨像
我想不久它就要变成山体

它正走向我
但还没有发现我
仿佛这中间有一种坦荡
就像一封无须回复的信

一整夜,它的嘴都在蠕动
一定是在反刍什么
可能是羞愧,也可能是悲伤
现在,他有一张逐渐发白的脸
在最大倍数下
我看见他的唇部
是一些裸露的根
当我退出放大镜
它又回到原处
那里有它的社会和遗憾
还有爱筵后变凉的假眼

现在,我已经瞄准了它
蜉蝣已经起飞
亲爱的,我真的特别想你
我已经扣动扳机

当被那颗等得太久的子弹纺起的空气
突然解放为凉爽的晨风
在致命的减速里成了自己的目的
那卷到空中的蜉蝣之皮开始跳舞
亲爱的,我命中了那个深渊
一个无云的白昼已将我捕获

2020.5.16

乐园

有消息从乐园来
这是个迷路的消息
带着一则消息的幼弱

我将养育这消息
直到它能以我为食
为翅,为乐园

2020.5.16

野兔二则

1. 甜蜜兔

那时,我在放工的园子里打转
用脚底拨弄着一根槐刺
废弃的蜂箱后
钻出一只并不惊慌的野兔

她举起两只前爪
向前捧出一张人脸
我想抓住她
脚底却被槐刺扎穿

我不能跑,也不能喊
这一定让她失望
所以她转身,变回一只
真正的野兔,吐下了一块糖

那块糖我一直攥着
攥得又黏又难看
糖已经不能吃,也没法归还
还怕别人问,到底甜不甜

2. 野兔一跳

一只野兔,用入神的一跳
从昏暗的林线消失,消失
让她是一只真正的野兔
我发现她
正是通过那消失的一跳

一只真正的野兔
让人厌食的弧线
多轻巧的一跳
昏暗中一瞬昏暗的慌乱

野兔,幻想的弧线

野兔,昏暗缝合昏暗
不能言语的五月
让出它宽忍的边缘

2020.5.18

马

马,冲锋
冲锋是她在守护

第十八个冲锋
斋戒日

深追这斋戒
狼居胥之路

只有你不迷路
彗星

2020.5.18

风灾

黎明时的一阵阵干呕
风灾留下的大坑
你太美了,虚空

疲倦的大坑
不识睡眠的鬼花
休息吧,灵魂
我为你拔掉讽刺

2020.5.14 — 5.17

盟约

我一定为你收尸
哪怕你一败涂地
我声名狼藉
漫山遍野的猪
没有出处的猪
从我们身边跑过
猪在我们两边跑
在我们中间跑
猪的洪流是从未间断的主流
可我们被掏空的心
已经是矿石
两根打了石膏的拇指

竖在猪的洪流中
我们的呼唤也融入过猪的呼唤
猪的呼唤把我们建成悬崖
又用层叠的回声把我们平息

2020.5.22

雨镜

雨变暗了
那是种亲近
它亲近我的愉悦
这是刚刚开始的雨
是个俯下身的神明
用他手里的泥摸我的头
高兴吧,你没有变坏
别像去年那样躲开

雨变多了
雨离开了我
把愉悦放在我脚前

雨穿走了我的鞋

雨又暗了
那是种亲近
我用愉悦安慰了它
这是再次来临的雨
一个结束沐浴的神明

在那时的沐浴中
我们曾相互映照
离心机内部的两面明镜
旋转吧,旋转
相互嫉妒,相互经过
经过那些对方经过的
你经过我的那几天
世界把脸埋进久别的地幔

雨过去了
偷运水泥的大车
已经往城外驶去
泥浆,鲜花四溅的时辰
一路一路的蒲公英
熟透的蒲公英,雨
去把它们涂到黎明
用那双鞋底

那时你就能看到
我真的在蹦跳
为我的鞋
为了变成雨,然后变成你
看看我的朋友

是多应该高兴的一群鱼
在水底,还有伤悼、祝福与呼吸

      2020.5.21—6.27

不道德箴言与两支火

一

那滋养过我的说:"变成我。"
但我暂时不。我们应该开始守望,像赌徒和他的下一张牌。

二

五月是醉乡,六月是来路。你何不更勇敢,与连夜超越自己的鸟交换反复灾变的啼唤,让不想知道的越来越多?如果你相信,云层就能把你叫醒。

2020.5.26

另一棵树

旅游区的朋友问我
看没看见那一排树
它们也有门窗和尖顶
像半转身的教堂

我说看见了啊
那儿又不远
我的视力很好
她们又一览无余

那些树都是假的
但她们的摆与回摆却真实

让我们的天际线
拥有尺度和尺度的话语

是啊,特别是那一棵
长得风风火火
看起来马上就要走
她的样子已经开始让我痛苦

傻X,那一棵是真的
只有那一棵是真的
她的真,简直显得做作
简直与信仰等同

2020.5.26

秘密(一首歌)

我才是被养育的
常年在秘密繁盛的叶丛里
临近夏日时连夜醒着的阴影
布满污秽、爱与根须
这是我吗?如果是
也该疯了很久了

无论多深的夜
我也从黑暗中区分出自己
又从自己区分出灵和欲
我把自己区分成无数个
让他们面面相觑

有的正试着翅膀
有的只剩下呼吸
他们简直互不相识
又没办法分离

这里已成乐园
这乐园里的无数个自己
个个装得很酷
又玩不了游戏
一部分让人惋惜
一部分不值一提
个别已结成苦果

个别什么也没来得及
他们是那么大的一群
占有的很少
不需要休息

2020.5.24—5.25

哭泣的缪斯(另一首歌)

你一直是旗,当你
终于卷住自己的脸
谁也没办法把你举起
哭泣的缪斯
你带来的风里
先是音乐,再是沙砾

当你卷住自己的脸
所有扬起的都无法坠地
天空如渴
你是上升的泪雨
哭泣的缪斯

多么深刻的停息

"哭泣的缪斯"
多可笑的标题
如果你的双臂扑了空
别的拥抱一定变成滑稽
而等到你再次展开
该是在多大的风里?

2020.5.27

听任重远讲起陇海线上的绿皮车

如果有可能,它就停在每一个县级小站;
谁对那里熟悉,就应该侃侃而谈。

车上的瞎子,会给你免费摸骨;
你们总是在深夜,一起到达终点。

2020.5.28

漆园来风(第三首歌)

乐园是一座漆园
古代,那里是夏季
园子里的树太有用
做这园子的看守却毫无意义
只能袖着手
查看树上的 V 型痂
伤口必须深入、精密
才能流出最美的器具

园子里好多事都值得赞叹
这看守就歌唱
也唱自己荒唐的事业

经常唱着唱着就睡了
在多产的漆树下
枕着画满对号的账本

园子里有很多蝴蝶
喜欢在树的伤口上吸毒
看守只要醒着就到处采集
就着标本夹喝掉很多酒
喝完就梦见蝴蝶
而梦中的蝴蝶也没了生气

后来他改喝漆

梦境不治而愈
人变聪明了
也有点显老
要是园子里有风
就紧紧地坐在风里

那时的园子仍然值得赞叹
住久了让人不想出去
每次遇到割漆人
他都拿食指和中指比个V
那是二的一种形态
也代表一种胜利

尽管漆园已经消失两千年
那手势却传了下去
让人莫名地鼻酸

也让人难以为意
像漆园留下的一阵南风
冷不丁地
吹来一声古老的叹息

2020.5.29

五月敏感者

他应该持戒,钉掌,披枷,穿孔
因为五月什么都巨大,像一个长梦
他想要的,不过是被几克金属叫醒
他并未渴望变化,只是怕那些无形式的疼痛

学习感觉一种感觉,就必须努力给她命名
他想要记住,五月会过去,需要心去放行
五月过后,他不更好,不更坏,我可以做证
如果时代没能毁了他,那么,你也不能

有一天,他对我说:
"我会更有力,更轻;
就像火来到火中。"

       2020.5.30—5.31

龙部　重生符

门徽

世界败乱得比我们快
而我们必须尽快疯狂
尽快让那些没能说出的
聚起入云的喧嚣
在祭台上加筑牺牲
必须尽快地走入赤裸
把幸福的根株高高拔起
在几个完整的日夜
在火前,把它耗尽
哪怕只是为了看看
它是不是还在
如果它在,就是信物

就能用它招呼摆渡人
抛撒它,让它漂流
让幸福连根走在水上
疯狂是堪舆
漂流是奠基
赤裸着吧
我们手举根株的形象
将成为乐园的门徽

2020.5.30

革命

我们仍需振作、勤谨
从无中生出有限和有用

不要让谀墓文人的手翻动仲夏的草丛
要留着它们，绊倒我们的儿童

要是孩子们还会哭
我们就有生命

2020.6.1

梦

1. 马梦

梦,那么圆地推动了我,我干净了。
已经填满整个的舞场,已经太大。

我已经不存在,又不能完全是你。
只是火里的另一支火,火的醉意。

马的睡息在最近处成熟,我完美了。
而你完美地是三个:亡徒,女人,居所。

2. 鸟梦

死后回来的人在衣香上寻找自己的死。
他多难过,好像已经明白自己找不到。

出自最深者就离了水,用了最重的翅。
给水圈一次真实吧,它不能长久。

不要惊动它,让它自己去肯定。
让它保持为圆,它是我的甲胄。

2020.6.6

上海世界

——用另一颗心写的诗

不久我应该会去上海
坐进那个红集装箱
它停在我楼下
已经好多天
堵着不重要的路
除此就再没用处
应该用它干点什么
我想让它飞
带我去上海
不用飞得太快

这么一想

上海就特别好

也别飞太高

人们会看不清

也不能想象

上海有多好

2020.6.8

可携带的海市

1 闰四月

五月和六月
在同一颗心上收获两次
一次收获鱼群
一次收获锚绳

同一个契约
需要两次签名
两次
各拥抱你一个深度

母亲告诉我

在家乡,四月还未过去

凡是收过的人

就必定要去种

余下的时间呢?

补苗,守护

两个四月

被时间之岸推开

两个四月

在你和我身上重逢

我们沿着海离别

四月还在那里

2020.6.14

2 作品

新的一局
你要伸入我,抓走没用的
加注吧,没用的东西已经太多
把那部分全部输掉

你能输掉的才最终造就我
未能输掉的才最终赢得你
盯住我的眼睛,从那里进去
我们已互相是作品

我们之间
只有凝视和凝视之因

在把我们变成挥霍之前
那只手不能创造

2020.6.14

3 奇迹(二)

奇迹总在深处
像一条歧路
它要求你空着
要求你开始

那就开始
做坚决的伐木人
原地奋斗,原地休息
把你力竭的双臂
遣往最深的腹地

最弱的双臂

总有奇迹停留

如果你沉默

你会有住处

如果你疯狂

你将被爱

           2020.6.14

4　宋国猎人,坏猎人

"坏猎人,我知道你没有入睡。"
"没有,但我枕下的年轮需要休息。"

"它有多老?"
"它不老,比起你我,它还童贞。"

"野兔跑过去了,进了菜地。"
"朝我开一枪,铁砂要装够。"

"你真不像个猎人。"
"但我是。我也是野兔。"

"渴望转化的猎人，你啊，坏猎人。"
"转化两次。第一次死于野兔，第二次归于你。"

"你可以吃吗？"
"吃吧。变成你自己。"

2020.6.14

龙女(最后一首歌,已经不可唱)

光芒绞缠光芒
云隙下的龙女
变幻应答变幻
独自游戏的龙女
海已经静止
你开始虹吸

振频最高的声带
你致哑的虹吸
我的耳朵已经听不见
流向天空的话语
可我还能认清

梦见过的云霓

然后是一个停顿
一场下在远处的雨
沐浴的龙女
又一次淋湿了自己
每一片鳞甲
都映照一种天机

海水苦不苦
骄傲的龙女?
如果你决心映照世界
又怎能显示你自己
而这弃不去的鳞甲
是多早的神下的咒语?

那是什么怪圈
用海面作画的龙女?
你厌恶航道
却追逐船的痕迹
你说镜子被悲伤压碎
也胜过空虚

海底有没有时代
不变的龙女?
当你路过那些沉船
可曾收集过死亡的玩具?
你可曾把自己打成死结
把难解的遗言抱在怀里?

你的雷音都被他们当成过什么
从无怨恨的龙女?

你的龙筋是深密的海图
独饮独醉的戒律
驯服是一种多深的渴望
你不忍松开的一把海泥

龙女啊,你的身体可曾入夜
任盲目的洋流推来推去?
我们的星群是离手的船舵
既不指向东,也不指向西
那时你是否做了梦
把呓语吹入大陆和记忆?

万物的蜡烛,静立的龙女
龙女,善爱的龙女
龙女,善战的龙女
我的生与真,我的爱与谜

大海空空如全知
哪是光，哪是你？

2020.6.17—6.18

明石

你将寄来礼物
我的镜中之心
一块明石
取自婚礼中央
正被明天留宿

石头无需包裹
光明有信之物
不刻一字
未去未来
已在中途

2020.6.20

大狗和她的一只鸡

——世界上最伟大的农场

大狗是一条不睡的龙
还有个大狗是一只鸡
人们分不清两个大狗
就把他们叫做龙和鸡
龙稀里糊涂弄了一群羊
想要找一片真正的野地

鸡这阵子睡得不是很好
一定是白天吃多了瓦砾
羊站成了群,站进了梦里

龙啊,闭着眼玩她的龙须
鸡啊,在梦里张起了尾羽
你们仨,早晚都要合成一

龙领着她的羊
一时忘了要去哪里
她回了一次头
队尾上,竟站着一只鸡
羊走得多慢啊
龙走了神,羊就休息
鸡胆子小,也僵在原地
龙和鸡,隔着一段羊做的距离

两只大狗,龙和鸡
一头一尾,像个镖局
他们押运的羊队

是道路屏住的呼吸
有时,羊队笔直
有时,羊队弯曲
有时,羊队走成圆
鸡和龙就这么相遇
就像一个人绕着钟走
用一串错步追上自己

一个镯子,羊的圆舞
头和尾终于连在一起
互相看时他们证见无所有
只有目光,结成一颗水滴
水里的时日已经写满了字
被挤动着的羊缓缓地脱粒

2020.7.1

祝福

祝福日夜
日夜祝福

让祝福和日夜
厮守如一口深井

让亲人来打水
把我们装满一只瓢

瓢里的我们派赠笑
瓢曾是井水浇大的葫芦

2020.7.2

两座房子

离开自己郊区的住处
来到这座城市的郊区
一连好几天住在你的房子里
我爱你这里偏僻的气息

你的房子有九个高大的窗户
窗框上是我出生年代的红漆
那是种向外开的窗户
已经没有几块没换过的玻璃

我的房子阳光直露
你这里却总在下雨

好几天，雨豢养我们
淋着两条搁浅的鱼

晚上，你站在我身后
我总是去开窗，把你的影子转进雨里
最后是我的。我淋湿一半的手臂
已经沉迷于推开窗户时渐钝的力矩

我习惯对着外面站上一会儿
再转过身来拥抱你
我知道你会一直那样站着
带着一种并不期待什么的笑意

现在你已经入睡很久
看起来健康，自由，无所畏惧
我打开离你最远那盏灯

趁雨还没想过停,盯着你建造灾难的彩泥

你这里的一切
都比我想象的熟悉
包括这里的布线、摆设、灯的亮度
甚至墙面上的污迹
要是再待上一段时间

我会以为自己一直住在这里
我也从未见过这样的房子
有那么多窗户,开向那么多雨
你说你也喜欢我的房子

那里让人免于时间和言语
所以,我们不得不来来回回
为了片刻的安顿,投身不息的流离

我们总是穿上最合脚的鞋
一手拿着票,一手拎着行李
这终于是命运,满车厢同乘的陌生人
看着我们,从一个郊区去另一郊区

他们一定也都做过些准备
尽管不是所有人都有目的
一路上,云把自己堆成涌动的峰群
它高高的灰蓝色,让人想为之哭泣

        2020.7.6—7.10

入口——树丛

> 凡有代价
> 皆为可行

1

浅坟上的棚架,一片树丛
裸露的棺角,渗漏阴影和凉意
年轻的笛手坐在坟顶
六个笛孔皆死,六年,六重睡去

正午的鬼火落在我手上

反复地变成你

你要为这手镀电吗？

你应该，你可以

2020.7.24

2

我们仿佛,是从它的转灯走出来
那片树丛,几乎在破晓
灯色开始衰减,像被马戏场的独角撞出了口子

你的音乐,从一条弱轨,兴起一阵鼓
一个瘦子,背起回收知了的布袋
在起碱的大路上给自己加速

关于你的梦,总是在黎明时开始
梦中的黎明,被金汁铺平
你正从其中站起,中途像过一只耳郭

我对准你的眼睛喊叫

我把自己吓醒了，我看见你用老样子笑
你总是在证明，只要是景象都可以一挥而去

你还在那里吗，致命的钥匙？
凡你打开的门，就再也关不上
一次亲吻，无限短，像工蜂的蛰后一停

无论去哪里，经过你就再没有退路
回头时，我看见你，从音乐退回一页发灰的乐谱
而那片树丛，还居于夜的核心

一个三岁骷髅，也许是个侏儒皇帝
从胸间扯出一根湿藤，想要把它递给我
我什么也不想要，我想要击灭整个树丛

2020.7.27

3

这是一片游动的树丛
乐园的前哨,最后一驿
在这里,可以开始整理衣容了
动作要慢,因为来得及
但切勿在柱子间的阴凉里流连
你得注意天色,因为到了傍晚
这里就用于停放灵柩
抬棺的汉子们还要在这里吃喝
别让你的胃寒毁了他们的倾谈

在这里,你的脚步要轻
如果死者认出了你

会拽住你讲起他的一生
即使他们曾一再地害人
还是会觉得自己不幸
他们将用沉默围住你
用他们饿大了的瞳孔
把你推进魔鬼的矿洞
那里是无休止的苦役
你到来前的全部旅程
即使挖坏上万把铁锹
也攒不下一把的铁锭

乐园的入口没有人接引
那里也不过是另一种道路
那里的一切都是道路
一切都将以你为道路
当意外和意外挽起胳膊

就再没什么能够担心和支吾
你的手会忙着拨开劈面的荆棘
再也腾不出一只伸向花束

2020.7.23

4

树丛,树丛
大地深处走动的岛屿
息壤,无定的始基
大地从大地中升起
略高于大地的台座
檐下挂着铃铛的庙宇
明亮的西风吹拂
你的首饰已经响起
舞尽而不息的裙摆
从肚脐洇开的强绿

我还未得到你的全貌

却可以从此不再看你
我决定给你我的正面
我已经闭上眼,已经不怕你
现在我已经是鸟的正身
也已经熟悉磁汛和节气
为了博得自由,坐实因果
我可以放弃视力
在回归点,我的巢是MH370
从乌有般和平的大洋中浮起

我可以反射你的光了,SD
它的返回会令你不适吗,SD?

风,抹大拉洒来的水滴
荡动的摇篮,盐渍洁白的船体
风,洁净的性的气息

拾不完的苦楝籽,无度的养育
风,让你的槐花对称而繁密
一万个名字的同一,你
无花果的肉,SD——
灵魂的浓荫,SD
花期频仍的月季
你把自己植于道路
我就把道路迁入婚礼
把孪生的蜡烛插进故土
给亲戚的方言写上旋律

从来没有一个人
比你更像给予
换洗、熨烫和沐浴
从你的火里飞出
我才像极了自己

你先是让我变轻,又把它冷聚
把这未形之器放在土里
再守它一段时间吧
它要给你长出柴禾
一把活尺,透明的谜语
那也是你光下的手影
从自己的死角里起身
为你抽演谷穗、盔缨和烟缕

2020.7.23—28

门枢

你觉得是大门的
只是一个门枢

如果你够小
那儿也可以进去

吱吱呀呀地哼唱
直到把自己磨光

你本不必知道
门在打开,还是关上

你太重要
不应有动力

你只能承受
你只是你

2020.7.25

任意球

不知什么时候

来到禁区弧顶

在我最不习惯的位置

一颗球从天而降

丑得像彗星

正午的球场空无一人

节气正值大暑

到处是水洼和蝉鸣

我和球门之间

没有人能够充当人墙

然而哨子已经响过一次

也许是很久以前
这应该是一脚任意球
所有规则中最残酷的发明

我望向看台
那些刚才还不存在的队友
已经开始有了遗憾的表情
像预感着秋天的草
把自己变成对种子的牺牲
种子正在吸收他们
我把球踢进了天空

而大屏幕被雨前的磁扰

拖入噪音和变形

麻脸球童的诅咒

门将漫长的伴动

2020.7.29

鸟群归来

1

最初的动静,云层松动
最早的坠落,几只死莺
早落的天空的谷子
无人接力的使者
被它携带的消息压垮
而消息,不用说出就被认定

接着是沉默

沉默还在磨砺大门的口径
鸟群即将归来,树冠一动不动
草丛,直立的马鬃
天线般的儿童,阴影
阴影被光线赋予体积
明亮的阴影,可以进入的冰
戏剧,报幕员的咳声
镇纸,崭新的沉重,蛇身
仍在经过你的前胸

哈欠,改变了梦的音区
醒来吧,用睫毛
碰一碰停在你指尖的雄蜂
一只窃来的蜂箱
寂静分泌着寂静
从木板的缝隙溢出

几乎要滴下来,纯粹的生命

云层的大门缓慢地移动
终于来到头顶,于是
鸟群归来,鸟群用翅膀收复
首先笔直如音柱
俯冲的文字,归向大地之书
鸟群,在底部进入平流
鸟群扩张,用忍住的喧嚣
积累它的电伏
就像它们仍然昏迷着
等鸣叫的本能从背后追来
归来的鸟群,将再次上升,从此
它要适应这空间,要在这里居住

而一切仍需要营筑

营筑空间的凹陷和瘤突
鸟群,用颤动的悬停
在空间中生成空间的房屋
鸟群,飞成直线和折角
把自由的意志压缩为道路
鸟群,在薄暮时为面孔
把空间纳入它的叙述

洪水般归来的鸟群
发现了每一棵可以落脚的树
鸟群的回归仍需要完成
它们是需要一遍遍打开的指令
它们分裂,折叠,回旋,变形
它们急坠,超升,穿插,聚拢
空间中充满鸟群的轰鸣
归来的鸟群,揭示空间的全部运动

归来的鸟群已如此加于我
而归来的意义仍然晦暗不明
这空间的筏子，空间的琴弓
归来的鸟群，空间的巨响与铁证
鸟群归来，我的处所进入飘浮
我一直注视鸟群，我的安宁
深深寄入鸟群难测的飞行

2020.7.31

2

这次终于是鹤

这次它们横着飞来

双足累月地与大地平行

出发时它们仍然年轻

把不成熟的头埋进风中

如今众鸟中已无人比你更老

比你更易睡,也更易醒

鹤群,灵魂的起落架

无尽完善着的倒影

衔走那些过密的刻度

把尺子的超越一次厘定

啄食，用燧石般的嘴
水滩已因忍耐而丰盛
然后跳跃，制造一点微风
然后停歇，用一只脚存在
一只脚做梦
生命的高脚杯已满
危险的和谐，脆弱的平衡

子午线，鹤的队列
沿着我的屋脊振动
众鸟之中你最像鸟的理念
露骨的踝踵
挂着果核型的灵
不停转动的头颈
老者隐晦的机警
每一次迟疑的迈步

都让新的圆心觉醒
鹤群,多羽而洁净
笔直地涉过我眼中的星簇
像体温计里的汞

在这浅梦里取食
你们不要踩坏我的脸
那张脸已无可揭示
其中的一切都已贫穷
走开吧,鹤群
我已经不是受祝的门庭
在你脚下的
是一只太薄的瓦磬
它的音色
已在你的羽管之中
如果你侧过耳朵

将听见自己的倾听
我们彼此是处所
也是处所的空洞

2020.8.2

3

鸟群归来,化作话语
注入我们每天的杯子
竟倒得那么满
经不起一丝晃动
哪怕是口唇的轻轻一碰
只要有一滴落地
话语就要把我们战胜

2020.8.4

说明

《坏手》的说明里,我承诺了自己的第三本诗集,并不承诺给你们,而是承诺给它自己。所以,《乐园》是提前自我祝福过的。我没有想到它来得这么快,它是一个遭遇,没有敌人,没有野心——我的最乖的诗。也许太乖了,所以也迷惑、厌学、自闭,但也最赤裸、最无私。我很爱它,如果你不喜欢,你已得到我的歉意;如果你喜欢它,就已得到祝福。它来自乐园。

2020.8

图书在版编目（CIP）数据

乐园 / 昆鸟著. — 上海：上海文艺出版社，2025（2025.7重印）. （"巧合"诗丛）. -- ISBN 978-7-5321-9267-0

Ⅰ. I227

中国国家版本馆CIP数据核字第20254D51R0号

责任编辑：江　晔　贺宇轩
封面设计：昆　鸟
封面插画：苏　端

书　　名：	乐　园	
作　　者：	昆　鸟	
出　　版：	上海世纪出版集团　上海文艺出版社	
地　　址：	上海市闵行区号景路159弄A座2楼 201101	
发　　行：	上海文艺出版社发行中心	
	上海市闵行区号景路159弄A座2楼206室 201101 www.ewen.co	
印　　刷：	苏州市越洋印刷有限公司	
开　　本：	1092×787 1/32	
印　　张：	4.25	
插　　页：	6	
字　　数：	59,000	
印　　次：	2025年5月第1版 2025年7月第2次印刷	
ＩＳＢＮ：	978-7-5321-9267-0/I.7269	
定　　价：	35.00元	
告　读　者：	如发现本书有质量问题请与印刷厂质量科联系　T: 0512-68180628